물금

국립중앙도서관 출판예정도서목록(CIP)

물금 : 최서림 시집 / 지은이: 최서림. ── 대전 : 지혜, 201
5
    p. ;   cm. ── (J.H classic ; 001)

ISBN 979-11-5728-027-8 03810 : ₩10000

한국 현대시[韓國現代詩]

811.7-KDC6
895.715-DDC23   CIP2015009873

J.H CLASSIC 001

물금

최서림

지혜

시인의 말

가시 같은 말

잠들지 못하는 말에 이끌려

여기까지 걸어 왔다

내 안의 푸른 노새가 말의 이파리를 뜯어먹고 있다

2015년 초봄에
최서림

차례

1부 아카시아 꽃을 보러 갔다

2부 잠들지 못하는 말

3부 천 개의 입

• 일러두기
한 연이 첫 번째 행에서 시작될 때는 > 로 표시합니다.

1부

아카시아 꽃을 보러 갔다

담그다

    명태들이 길가 철조망에 아가리가 꿰어진 채 줄지어 있다 죽어서도 순번대로 늘어 서있다 눈비 맞고 매연 속에 얼었다 녹았다 꼬들꼬들 마르고 있다 등짐에 짓눌리고 눈물에 담금질될 때 푸석한 인생도 꼬들꼬들해진다 맛이 난다 줄을 잘 못 서서 세상에서 밀려난 인생도 몸을 불릴 수 있는 대중목욕탕처럼, '담그다'라는 말은 둥글고 커서 아무나 들어갈 수가 있다 따뜻해서 김이 모락모락 난다 깻잎이 쟁여진 항아리 같은 이 말에는 벌레가 알을 슬지 못하는 짠내가 나기도 한다 슬픔에 절여진, 순번에 밀릴수록 짜게 절여진 삶들이 이 말 테두리에 하얗게 장꽃으로 피어있다

뻘

　꼬막은 힘으로 벗기는 게 아니다 지문으로 리듬을 타서 벗겨야 한
다고 갯벌식당 아줌마는 배시시 일러 준다 여자만灣 개펄이 길러낸
벌교 사람들은 깊고도 찰지다 뻘 같은 세상 속에서 한겨울 꼬막처럼
일찌감치 속살이 찼다 양식이 안 되는 참꼬막같이 탱탱한 벌교 사내
들 앞에서는 주먹자랑 하지 말라는 말도 있다 개펄같이 푹푹 빠져
드는 벌교 아낙의 말씨는 꼬막처럼 쫄깃쫄깃하다 널배로 기어 다니
며 피었다 지는 아낙들, 갯비린내 물큰물큰 나는 뻘이라는 말의 안
쪽에는 빨아 당기는 힘이 있다 질긴 목숨들이 무수히 들러붙어 있다

11

푹

    '푹'이라는 말의 품은 웅숭깊고도 넓다 둥글어서 뭐든지 부딪히지 않고 놀기에 좋다 묵은지 냄새가 담을 넘어가는 이 말은 詩가 알을 슬기에 딱 좋다 뭐든지 푹 익은 것은 시가 되는 법, 항아리 속에서 멸치젓갈이 푹푹 삭고 있는 마을마다 시가 넘실대던 시절이 있었다 집집마다 다른 손맛으로 익어가고 있었다 속을 삭히고 말을 삭히는 솜씨 따라 하늘과 땅의 기운을 빌려 오는 솜씨 또한 달랐다 청도에 가면 파리 잡는 끈끈이가 바람에 흔들리는 추어탕집이 있다 성미 급한 시간조차 한 숨 푹 자고서 가는 반질반질 닳은 마루가 있는 집, 소금같이 짠 김치 한 종지에 손님이 파리 떼처럼 득시글거린다 울퉁불퉁한 세월 따라 곰삭은 인생, 할머니가 담그는 멸치젓갈의 비결은 그 집 며느리도 모른다 아직 푹 빠질 줄 몰라서이다

비릿한 말

홍옥 향기가 물씬 배어나던 그녀의 말,
설핏설핏 간고등어 냄새를 풍긴다

시든 사과보다 더 쭈그러진 몸인가
죽은 고등어 눈알보다 더 외로운 혼인가

거머리같이 빨아먹기 위해
지렁이같이 살아남기 위해

너 나 없이 헉, 헉, 거리며 세 치 혀로 건너야 할
숨 가쁘게 부글거리는 물살

이리저리 얽혀서
비릿하게 흘러가는 말들의 강

물금

  바닷물이 숭어 떼처럼 파닥파닥 밀려올라오다 허리쯤에서 기진
해 멈춘다 날숨과 들숨으로 강물과 혼몽히 몸을 섞는다 썰물을 내려
보내는 갯벌이 그리움으로 구멍이 숭숭 뚫려있는 곳, 그녀와 나 사
이 매일 보이지 않는 선이 그어진다 내 그리움도 그곳까지, 그 선까
지만 밀물져 가다가 해매다 돌아오고 만다 그녀가 사는 곳이 곧 물
금이다 대추나무 잎에 반짝이는 햇살처럼 영혼에 일렁이는 물결무
늬처럼 떠있는, 어느새 손가락 사이로 빠져나가버리는 물금, 물금
한복판에서 찾아 헤매이게 되는 물금, 농익은 감이 제 무게를 이기
지 못해 철퍼덕 맨땅에 떨어져 산산이 흩어지는 곳, 초로의 적막이
물푸레나무 회초리로 자신의 종아리를 후려치는 그곳이 물금이다

아카시아 꽃을 보러 갔다

눈보다 염화칼슘이 더 많이 뿌려지는 아파트 옆
낡은 동네 연탄길을 기면서 내려오다
빙판길에 연탄재 같은 사람들의 정겨운 길을 내려오다
한 번도 가 본 적 없는 카자흐스탄을 생각한다
눈에 폭삭 파묻힌 작은 마을들
빙판길 뒷골목의 구멍가게를 생각한다
언 손으로 호밀을 까부르고 있는 아낙의 눈물 속에
흩날리는 눈발 속에 아카시아 꽃이
방울방울 터지고 있다

깨어진 유리같이 망가진 시절이 있었다
지하에서 하루 종일 교정만 보다가
이러다 죽기엔 너무 억울하다는 생각을 하다가
풍선을 날려 보내듯 사표를 낼까 생각하다가
멀리멀리 도망치듯
카자흐 고원에 휘날리는 눈발 같은
아카시아 꽃을 보러 간 적이 있다

세상 여기저기 널려 있는 카자흐스탄,
하릴없이 집에서 빈둥거리며

병든 수탉처럼 쪼아대는 남자들 틈에서
가난한 아낙들이 뚝뚝 떨어뜨리는 눈물,
삶의 진물 같은 젖빛 꽃을 보러 간 적이 있다
내 영혼에 튀밥처럼 피어나는 꽃을 보러 간 적이 있다
그래도 삶은 계속된다는 말에 붙잡혀
꿀벌처럼 날아간 적이 있다

봄이 젖몸살을 하면서 짜낸 꽃,
아카시아에게 불려가듯 갔다

비오리

비오리여,
햇살 촘촘하게 박히는 그쪽 나라의 여윈 꿈들은
아무 탈 없이
백일 동안 꽃피고 있는가

한 무리의 비오리가 뼈만 남은 자미紫薇나무 숲을 지나 오늘도 그쪽으로 한숨처럼 길게 날아갔다 내 시린 몸에서 그쪽으로 뻗어나간 자미나무 맨 가지가 잿빛 하늘 속에 모세혈관처럼 스며들고 있다 아니, 파고들고 있다 뼈가 툭, 툭, 불거지는 내 혼에 흐르는 피가 빨려 들어가고 있다 내 염통 안에서 자미나무 꽃 천 번을 붉게 피었다 지면, 그의 겨울 하늘 아래 자미나무 잔가지로 내 피가 흘러들어갈 수 있을까 저 세상보다 더 멀리 가버린 그 사람 속에서 붉은 꽃으로 피어날 수 있을까 지금도 내 안의 소금밭 같은 도시에 파리하게 해는 뜨고 지는데

잔광 殘光

해는 서걱서걱하게 넘어가고 또 넘어가고

세상 한 귀퉁이에서 여윈 귀뚜라미로 살고 있을 너는
나의 숨구멍이었다
하현달같이 색 바랜 그리움으로 돋아난 더듬이만으로도
너의 흔들리는 주파수를 짚어낼 수 있었는데
배밀이라도 해서 다가가고 싶었는데,
너의 젖은 날개 하나 말려줄 수 없는 나는
다가갈수록 그만큼 더 잃어버리고 마는 너는

스러져 가는 가을 햇살이 가슴을 찔러
서쪽 하늘이 붉다

소설과 대설 사이

종일 젖어 있다

실뱀 같은 비가 내리고

실핏줄처럼 도드라지는 나무들

시린 비에

새소리가 젖고 있다

살갗을 파고드는 겨울 소리

까칠하니 칩다

말이 뼛속까지 얼어붙는 날들,

찔레 가시 같은 하루가

목구멍으로 길게 넘어간다

서대西大

겨울 바닷물처럼 맑다

내장이 훤히 들여다보이는 참서대

눈물처럼 맑다

이 세상 살아가기엔 너무 투명해서 슬픈

조그만 상처에도 흠이 가서 아픈

누구에게나, 물살을 가르며

서대 새끼같이 욜욜거리고 다니던 시절이 있었다

소금에 절여진 석쇠 위의 서대

살점을 발라먹는 내 눈이 아리다

얼면서 말라가는 서대 같은 세월들

삼천포에 가면

삼천포, 삼천포, 삼천포

세상 모든 벌거벗은 나무들이
들뜬 걸음으로, 봄을 바라보며
남쪽으로 걸어가고 있는 이월,
늑골 깊숙이 숨어 있는 삼천포를
가만히 불러내어 본다

햇살처럼 투명한
해풍처럼 부드러운
한 번도 만나보지 못한
산다화 같은 내 사랑

삼천포, 삼천포, 삼천포

아침 햇살이
집집마다 균등하게
부족함이 없이 내리고 있을

잘게 부서지는 파도 위로

거칠게 부서져서 따사로워진 마음의 수면들 위로
넘치 빛 저녁 햇살이
16분 음표마냥 통, 통, 통 튀고 있을
삼천포에 가면
삼천포에 갈 수 있다면

충무, 마산, 진해
그 언저리에서 헤매다가
뒷걸음질 치며 돌아오고 마는……

내 마음이 남쪽을 바라
길게 목을 내밀고 있다

대한大寒

더 이상, 이름이 이름이 아닐 때

찢어진 말과 말 사이, 눈발 몰아친다

어긋난 늑골 속 허허벌판을 빙빙 돌며

가시 걸린 목소리로 울고 있는 저 검은 새,

발을 붙이지 못하고 바람 속을 떠도는

가슴 속 다 토해내지 못해, 새까맣게 타버린 저 떠돌이 새,

모든 색깔을 삼켜버린 빛깔로 캄캄하게 울고 있다

더 이상, 말이 말이 아닐 때

바구미

새털구름 위에도 이깔나무 위에도 명아주, 개망초, 개비름 위에도 은어, 피라미, 꺽지 위에도 통째로 쏟아지는, 산, 강, 바다, 궁창을 채우고 담아도 철철 흘러넘치는 햇빛, 마음으로 뼈로 피로 살로 값없이 공짜로 받아 마시는 빛, 시골, 도시 할 것 없이 착한 사람, 악한 사람, 도적놈, 사기꾼 가리지 않고 거저 받는, 주체할 수 없는

서초동이나 분당의 햇빛은 통통해서 살갑기만 한데, 공덕동이나 창신동의 햇빛에는 때가 끼어있다 청량리나 합정동 지하에 사는 이들에게 햇빛은 아일랜드다 이 도시에서는 햇빛도 사고판다 가진 만큼 소유한다 햇빛도 프리미엄이다 삼성동 푸들보다 햇빛을 적게 먹고 사는 바구미 같은 인생, 햇빛에 노출되면 똥오줌 못 가리고 허우적대는

갈수록 땅 속으로 땅 속으로 내몰리는 신인류도 있다

오각형에 대한 사유

하늘도 둥글고 땅도 둥근데
관은 왜 사각인가
몸도 마음도 둥근데
산 자들의 무덤인 집은 왜 또 사각인가

전에도 있고 지금도 있는 그런 방이지, 오랜 봄 가뭄에도 눅눅한, 비뚤어진 사각에다 한 모서리가 더 붙어 도무지 초점이 모여지지 않는 방, 햇빛은커녕 그림자도 끼어들지 못하는, 마르크스와 체 게바라, 곰팡이가 서로 동무하며 살던 방, 비대한 이데올로기가 다섯 개 각을 세우며 굶고 있었지

경계를 거둘 줄 모르는 오각형, 올빼미 같이 삼삼오오 짝을 지어 음모 꾸미기 좋은 수상하게 생긴 방, 밤마다 입으로 세상을 들었다 놓았다 하던 방, 이불, 옷가지, 소주병, 비닐봉지, 책들이 불법으로 노획된 고라니 내장처럼 뒤엉켜 있었지

누운 채 벽에다 소설 베끼며 인생을 습작하기 좋은 방, TNT같은 내 몸이 누워서 쳐다보면 언제 터질지 모르게 빙글빙글 돌아가고 있었지, 긴 겨울 얼룩얼룩한 벽마다 하릴없이 오각꼴 마차부자리나 그리면 어미염소가 내려와서 찔끔찔끔 오줌을 누고 올라가던

＞

자는 순간에도 오각형은 쉼이 없고, 88도로, 전철과 국철에 겹겹
이 샌드위치로 끼어있는, 세상 어디에도 쉽게 적응하지 못하는 축
들이 시간을 죽이고 있는, 지금도 여전히 오각형 같은 인생들이 들
고나고 있을, 이 세상 도처에 널려있을 그런 방이 있었지

산도 둥글고 나무도 무덤도 둥근데
관이 들어가는 자리는 왜 비좁게 사각인가
왜 마음은 바라크를 닮아 점점 딱딱해져만 가는가

오래된 집

내 몸은 이미 녹슬고 덜커덕거리고 있어

흘려보내야 할 것들, 더 이상 붙잡지 말아야할 것들을
살비늘 속에 다 떨쳐버리고 싶어

모르스 부호처럼 내 귓속에 접속되지 않는 젊은 노래들,
둔탁한 나를 플라타너스 밑동 마냥 쓸쓸하게 하고
한때 즐겨 흥얼거리던 가사마저 문득
오래 전 가버린 여인의 S라인 몸매같이 낯설어지고

어깨 너머로 너무 많은 날들이 지나가버렸어

분침과 시침이 어긋나도 부지런히 돌아가는 시계처럼
헐떡이며 간신히 여기까지 흘러왔어

가끔씩 스텝이 엉겨도 그대로 넘어가는 탱고같이
단순한 인생이 그리워
더 이상 붙잡으면 추해질 것들을
탁한 세월 속에다 놓아버리고 싶어

\>

밥물 끓어 넘치듯 부글거리는 욕망들,
빈 도마를 정신없이 두들겨대는 내 안의 식칼 소리들,
어느덧 앙금으로 가라앉아
남을 것만 남아있기를

내 몸은 너무 메마르게 서걱거리고 있어

집의 역사

모든 집에는
제각각의 역사가 있다
나무들처럼 자세히 들여다봐야만
겨우 보이는 사람들의 역사가 숨어있다

마을버스가 클, 클, 거리며 비집고 올라가는 산동네
끝도 없이 이어지는 닭장 같은 연립주택, 다126호
허술한 문짝만큼이나 서로 구별되지 않는
나면서부터 이미 낡아버린 사람들,
멀리서 보면 이름이 집 번호같이 한낱 기호에 지나지 못하는

싸워보지도 않고 미리 패배해버렸나
매듭이 풀리지 않고 점점 더 꼬여만 가는
잡동사니로 가득 채워진 인생만큼이나
비좁고 냄새나는 구멍, 섬 같은 감옥
언제나 탈출을 꿈꾸어왔지만
너무 오래 머물러
그냥 눌러 붙어 있고 싶은 때도 있었다

추석인데도 골목에 차가 빼곡하다

영영 돌아갈 집이 없는 사람들,
더 이상 집을 세우지 못하는 사람들,
흙먼지 잔뜩 낀 방범창 너머로 올려다보는 저 달은
지하방까지 따라 들어온 저 달은
누구에게나 둥근 게 아니다

말하는 집

주인 얼굴을 닮아 삭아버린 집이 있다
새마을 운동 때 벽돌로 후딱 쌓아올린 집,
시멘트 독을 먹고 이끼가 검버섯처럼 자라고 있다
왼팔처럼 반쯤 떨어져 나간 월남전 사진이 너덜거리고 있다
늙고 못생긴 조강지처모양 버리지도 떠나지도 못하는 집,
깨어진 농약병이 여기저기 뒹굴고
퀴퀴한 냄새로 울타리 쳐져 있다
복숭아나무를 캐내고 직불금으로 연명하는
사람들 가슴의 길 잃은 불과
총알에 스친 듯한 혼이 파고들어간 집, 대대로
상처투성이 여린 생명들이 할딱할딱 숨을 고르고 있는 집,
가족들의 검고 붉은 내력을
침묵으로 말하고 있다
금 간 지붕 아래 삭아 내리고 있는 작은 침묵이
강파른 주인처럼
뒤숭숭한 잠을 자고 있다
신음처럼 새어나오는 찢어지고 바스러지는 말들,
소용돌이치는 우주의 침묵에 휩싸여
하늘 밖으로까지 올라가기도 한다
때로 눈물이 되어 떨어지기도 한다

5월 1일

　젊은 숫소 같은 아빠들이 새끼들에게 햄버거를 사 먹이고 있다 노동절인지 근로자의 날인지 그런 게 있다는 것조차 모르는 두부장수가 맥도날드 앞을 지나가고 있다 다 팔아도 하루 땟거리도 안 될 것들을 싣고, 대형 차량 사이로 번데기처럼 쪼그라든 노인이 리어카에 매달려 간다 '재활용'에서 꺼내 입었는지 바지는 뗄룽하니 정강이가 나왔다 비를 맞고 가는 새까맣게 절은 옷은 착 달라붙어 몸을 감싸는 껍데기에 지나지 않을 뿐,

　갈수록 낯설어져 아득히 따로 굴러가는 세상에 구멍 난 수레바퀴 같은 인생, 바람에 흩날리는 면사포같이 꽃비는 내리는데, 쭈글쭈글해서 더 검고 더 차가워 보이는 저 몸뚱어리에도 한번쯤은 복사꽃이 불을 켜든 적이 있었는지, 죽어서야 풀어놓을 수 있는 워낭을 모가지에 매달고서 할딱이고 있다 등판이 내려앉고 엉덩짝이 함몰된 숫소처럼 손수레에 질질 끌려가고 있다

오랑캐꽃

모든 꽃은 다 꽃을 피운다
바위취, 국수나무 같이
그늘 밑에 자라는 것들도
때가 되면 꽃을 피운다
평생 남의 그늘에 가려
영영 꽃이 없을 것 같은 생명들도
언젠가는 꽃을 피워 올린다
버려진 들판의 찔레꽃 냄새가
담장 안의 장미꽃 향기를 감싸 안듯,
이름이 뭣해서 불러주기도 민망한 쥐똥나무
꽃냄새가 화장실 냄새를 덮어주듯,
누군가를 위해 물길처럼 낮아지고
남의 인생을 데워주기 위해
불길처럼 굽어져 본 사람, 한평생
남의 그늘에 가려 제 그늘이 없는 사람도
이른 봄 오랑캐꽃처럼 꽃을 피워
젖은 낙엽을 살짝 밀어 올릴 줄 안다
하늘을 들어 올려 순간
제 그늘을 희미하게 만들 줄 안다

2부

잠들지 못하는 말

붉은 날들

마음에 살얼음 이는 날들,

끝없이 미끄러져 어긋나버리는 말들,
얼어버린다 쓰레기로 쌓인다 밟혀서 짓뭉개진다

내 몸 안에서 월동하는 시린 말의 새 순,
눈바람 속 사철나무 열매보다 더 붉다
생채기보다 더 아리다

잠들지 못하는 말

모든 말에는 피가 흐른다
말(馬)같이 펄펄 날뛰는 말
시체 같이 굳어 있는 말
말에는 근육이 있고
206개의 뼈가 있다

모든 말에는 소금이 녹아 흐른다
살아온 밀도만큼 흐른다
사랑한 농도만큼 흐른다
젓갈 같이 썩지 않는 말
스스로 부패해서 버려져 밟히는 말
말에는 염통이 있고
10미터 길이의 소장이 있다

능금아, 부르면 능금에 살이 차오르는 말
능금아, 부르면 능금이 떨어지고 마는 말

독 오른 말에 찔려 죽어가는 자들,
소뿔 속같이 비좁은 꿈에 절어 모두가 잠든 새벽
아직 돌아갈 구멍을 찾지 못한 겨울 귀뚜라미처럼

우, 우, 잠들지 못하고 우리의 뼈를 흔들어 깨우는
하늘 끝에다 사무치는 말도 있다
때로는 제 혼을 불살라
하늘 밖으로까지 올라가 새로이
붉은 별자리를 만들어 앉는 말도 있다
핏방울이 되어 떨어지는 말도 있다

선지 같은

얼룩얼룩 눈 쌓인 산등성이, 잎 떨군 아카시아나무들
뽑다 만 돼지털 모양으로 숭숭 솟아있다

산등성이 너머로 선지 같은 햇덩이가
山河를 벌겋게 물들이며 목구멍으로 넘어가듯, 사라지고 있다

아카시아나무 같이 거칠고 앙상한 사내들, 잔치집 마당에 서서
얼굴 가득 선지빛을 받아 검붉게 타고 있다

털도 덜 뽑힌 돼지 살점을 가득 쑤셔 넣고
눈알이 불거지도록 우물거리고 있다

붉은 산수유 몇 알 얼면서 말라가고 있는데
 무뚝뚝한 사내들, 아카시아나무 껍질처럼 갈라터지며 단단해져
가고 있다

아카시아 숲

마대자루 같은 몸 안에 갇혀 쩔쩔매는 그의 말들,
쥐새끼모양 여기저기 불룩불룩 튀어나온다

유모차를 떠나지 못하는 사나이,
하루 종일, 제 속에다만
시퍼렇게 멍든 말들을 중얼중얼 쏟아 붓는 사나이,

살점을 헤집고 다니는 사금파리 같은 말들
속으로 아작아작 씹고 또 씹어 먹으면,
언젠가, 아카시아 그늘 아래
시멘트를 뚫고 나와 한 무더기 세상을 이룬 개여뀌처럼
검붉은 시가 되고 꽃이 되고

오십 년 묵은 마른 눈물처럼
와르르 무너지는
아카시아 꽃을 보러갔다
배밀이 하듯 다가갔다

집으로 돌아가는 길도 씨방처럼 튀밥처럼
환하게 켜진 아카시아 숲이었으면!

제 빛깔에 지친

잿빛 바람이 머리를 풀어헤친 채 달려가고 있다
말라 죽은 물갈나무,
뼈 부러지는 소리를 내며 울고 있다

부러진 뼈 같은 가지에 찔리며
해는 울컥울컥 넘어가고

제 빛깔이 품은 울음을 다 토해내지 못한 검은 새가
물갈나무 껍질처럼,
꺼칠꺼칠한 소리로 울고 있다

아무 일도 없는
아무 말도 오가지 않는 텅 빈 하루,
푸석푸석한 하루가
낚싯줄보다 질기게 길다

아픈 소리들

굴참나무 주름진 밑동 같은 저 사내의 인생에는
얼마나 곡절 많은 이야기들이 들어있을까

더 이상 낮아질 수 없는 이 골목의 처마들 아래에는
얼마나 쓸쓸한 노래들이 많이 매달려 있을까

자신이 주워 모은 폐지처럼 더럽게 구겨진 삶을
송두리째 리어카로 내다 파는 인생

60년대로 거슬러 간 이 생경한 골목길에는
또 얼마나 뼈아픈 소리들이 많이 굴러다니고 있을까

감당할 수도 없이, 너무 맑아 우울한 가을 하늘
지하방에서 햇살줄기들을 야금야금 뜯어먹고 있는

돌아서면 편하게 잊어버리고 마는 딱딱한 감각의 벽 안에서
그 소리들, 생쥐모양 내 마음의 현을 밤 새워 쥐어뜯고 있다

낚였다

그녀 말의 요염한 궁뎅이에는 미늘이 돋쳐있다 누군가는 곧은 낚
시로 세월을 낚았다지만 독이 들어있는 그녀의 말은 물고기를 낚듯
눈먼 마음을 낚는다 낚고 또 낚다가 자신마저 낚여든다 한번 낚이면
빠져나올 수 없는 수렁 같은 말, 시쳇말로 '속았다'는 이 말에는 햇
볕이 비쳐들지 않고 비가 내리지 않는다 피가 돌지 않는 이 어두컴
컴한 말에는 바닥도 없다 떨어질 때 천지사방을 움켜잡고 악을 쓰며
곤두박질친다 낚인다는 것은 스스로에게 속는다는 것, 자신의 미늘
에 걸려든다는 것, 잘라 내버린 말의 껍데기들이 인간의 바다에 낚
싯줄처럼 얽혀있다

깨어지기 쉬운

한때는 기타 치며 흥얼거리던
팝의 사랑노래가
점차 남의 노래로 들리는 나이,
초등학교 때 라디오로 듣던 뽕짝이
드디어 내 노래로
더는 촌스럽지 않은 노래로 살갗을 파고드네
바람처럼 지나가는 소소한 농담에도
피가 서늘하게 굳어지는
늙은 조개처럼 무뎌진 나이,
'知天命'이란 껍데기만 남은 말,
맞대고 싸울 힘이 다 빠져버린 나이,
태풍 휩쓸고 지나간 섬처럼 황량한 세상
여기저기 살짝 부딪히기만 해도 뼈가 부러지는 듯
온몸으로 아려오네
벌써 구멍이 막히고 딱딱해져
자잘하게 깨어지고 금이 가기 쉬운, 하지만
왕창 깨어지지는 않는 기술을 안으로부터 터득한 나이,

가로수 푸른 잎사귀들이 비바람에 우수수 떨어져
스산한 숲속 같은 인생의 9월,

별 수 없이, 단풍을 준비할 줄 알아야 하는 나이,
보이지 않는 거대한 손을
한순간 몸으로 느끼기 시작하는

사월은 가시처럼

　이른 봄 눈에 띠지 않게 피었다 지는 여린 꽃들이 있다 키 큰 나무 숲 낙엽에 가려진 꽃들, 지하에 세들어 사는 여자 같은 꽃들, 봄은 들찔레 키를 넘어 산수유 노란 눈알 속으로 밀려오는데 채 피어나지 못한 꽃들은 어디로 가나 사월은 가시처럼 온몸 마디마디 찌르며 파고드는데 찬비에 목이 꺾어진 꽃들은 흘러서 어디로 가나 제비꽃처럼 밟혀진 채 그녀는 어디쯤 눌러 붙어 있을까 튜울립의 호사를 모르는 그녀는, 이 세상 속으로 머리 디밀고 나오다 허방에 빠져버린 여린 꽃들은

철들다

안다는 것은 아픈 일이다 오며가며 낯이 익은 노점상 부부가 있다 연 3일 내리는 봄비에 괜한 걱정이 앞선다 개업 몇 달만에 문을 닫고만 단골 싸릿골영양탕은 또 어디에다 자리를 펼쳤는지, 철든다는 것은 쓸쓸한 일이다 무서운 일이다 꺾일 대로 꺾였을 때 비로소 철이 든다고 한다 세상 물정에 눈뜨면 이미 재갈 물린 망아지가 된다 몸속에서 천방지축으로 뛰어다니는 망아지가 큰일을 낸다 수천 년을 해골로 부둥켜안고 있는 발다로의 연인처럼 사랑을 해도 목숨 걸고 할 수 있다 철든다는 것은 꼬리 내린다는 것이다 알아서 긴다는 것이다 입 안에서 이 말을 가만히 굴려보면 닳아빠진 구두 밑창으로 구정물이 스며드는 애늙은이가 떠오른다

건널 수 없는 나라

서울에는 두 개의 나라가 있다.
공기가 다르고
마시는 물이 다르다.
땅이 다르고
집이 다르다.
한 나라에서는 주거 공간인 집이
다른 나라에서는 황금알이고 브랜드다.
원래 집은 흙 위에다 짓는 것인데
흙에 관심 없는 나라에서는 땅 위에다 돈 위에다 짓는다.
같은 시간을 살면서도
냄새가 다르고
목소리가 다르고
얼굴 모양, 허리선이 다르다.
무, 배추, 쌀이 다르고
똥이 다르다.
돈이 굴러가는 속도, 머리 굴러가는 속도가 다르듯이
시간의 질이 다르다.
같은 땅 덩어리에 살면서도
서로 언어가 다르고
종족이 다르다.

한강을 넘는다는 것이 한쪽에서는 入城이고
다른 한쪽에서는 추락이다.

가구가 사는 집

U.S.A 트리플리 파라오 침대는 밤에 혼자서 자고 그 여자는 낮에 잔다 물체를 떠받친 기억이 아득한 엘레자 맨체스타 소파, 벗어놓은 샤넬 슈트가 죽은 나뭇가지에 걸린 구름처럼 축 늘어져 있다 김치 냄새는커녕 마늘 냄새 하나 배어들지 못하는 밀라노 주방가구 다, 대리석 다이닝 테이블, 브리앙뜨 장식장이 뚱뚱한 그 여자 몸통처럼 격조 있게 정돈되어 있다 맛사지를 막 끝낸 얼굴처럼 반들반들거리는 마호가니 잉글랜드 앤티크 캐비넷, 퀸 앤 북케이스, 꼬망세 티테이블, 코코벤치…… 너무 일찍 눈물샘이 말라버린 그 여자의 딱딱한 흉곽만큼 닫힌 창 너머로 몰래 숨어들어온 햇빛이 마냥 허비되고 있을 뿐, 그 집에는 사람 사는 냄새는 나지 않고 가구 냄새만 침처럼 가득 고여 있다 꼬망세 거울같이 차가운 입술, 이따금 웃음소린지 신음소린지 무슨 소리를 내뱉으면 가구들이 뱀처럼 활, 활, 거리는 혀를 내밀어 날름날름 삼켜버린다 소화되지 못하고 미끌거리는 말들

박주가리

늙은 몸에 접힌 주름살처럼
자글자글 금이 간 슬레이트
시골집은 엄마의 시든 젖가슴이다
만물상회처럼 잡다하게 널브러진
잡동사니 냄새가 기묘하게 어울린 집
폐가로 들어앉은 엄마 냄새가 나는 집
내 코에는 뻥튀기 냄새, 어린 날
엄마 주머니 속 아늑한 냄새
머리가 여문 알맹이는 자식처럼 날아가버리고
껍질만 동그마니 남아 탱자울에 매달린 채
서리에 삭아버린 박주가리 같은 집
내 피 속으로 사라져간,
먼지로 뒤덮인 들판 야생화 같은

그림자 집

입춘 지나도 한참
저 아래 치킨 집은 눈이 녹지 않는다
슬라브 지붕에는 삼동 내내 얼어붙은 눈이
죽은 물고기 비늘처럼 눌러 붙어 있다
한 오라기의 햇빛도 침투할 수 없는,
사방이 아파트로 포위된 집
이 도시에서 햇빛은 결코 평등하지가 않다
공기가 누구에게나 그러하지 않듯이,
봄이 성큼 다가온 줄도 모르고 아직 딱딱하게 굳어있는 집
눅눅한 방바닥에서 길고 창백하게 자란 아이들은
식용유 드럼통에 바퀴벌레처럼 빠지는 꿈을 꾸고 있다
하루 종일 그림자가 생기지 않는 집에 사는,
심해어처럼 그림자 속에 잠겨 사는 가족들은
이따금 햇빛에 취한 듯
자기 그림자에 끌려 이리저리 돌아다닌다

구름을 좇는 사나이

스웨덴 식 다리 높은 침대에 누워 하늘만 올려다보는 사람이 있습니다 1년 열두 달, 새털구름만 기다리고 있는, 새털구름만 바라보고 가을을 넘기는 사람이 있습니다 안으로 안으로 깊숙이 감추인 하늘을 닦고 닦는 사람이 있습니다 닦고 또 닦은 하늘을 골똘히 들여다보는 사람이 있습니다 오래된 목욕탕 굴뚝, 매연과 먼지에 뒤덮인 사철나무, 재건축에 들어갈 기회를 놓쳐버린 아파트, 시대와 담을 쌓고 있는 담장 위의 철조망으로 빼곡이 들어찬 마음의 스카이라인 위로 검푸른 하늘, 교회 첨탑 끝에 모였다 흩어지는 새털구름을 유심히 들여다보는 사람이 있습니다 물들기 전에 쪼글쪼글 잎이 떨어지고 마는 은행나무 같은 사나이, 새털구름이 끼어 있어야 더 깊어져 보이는 하늘, 흘러갈 것들 흘러 보내고서야 더 부요해지는 하늘, 텅 빈 자신만의 하늘에 눈부셔 아찔해 하는 사나이가 있습니다

개여뀌

이슬 먹고 자란 꽃은 다 아름답다
언제 피었다 지는 줄도 모르는 오이풀, 제비꽃, 개망초도
눈에 밟힐 때가 있다
길 가에 채이는 개여뀌도
몸을 낮추어 자세히 들여다보면
아리도록 아름답다

눈비 맞으며 대로변에서 개여뀌같이 검붉어진 얼굴,
먼지를 삭여내느라 늘 쿨럭거리는
짙은 그늘만큼이나 깊어진 生,
개여뀌같이 이슬 머금은
그녀의 눈이 서러워서 아름답다

슬픔이 슬픔을 끌어안듯,
삶의 고삐를 놓쳐버린 그녀가 포장마차 앞에서
두 팔로 자기 자신을 끌어안고 있다
짓뭉개진 개여뀌가 새벽이슬에 기대어 일어서듯
진물 같은 눈물로 추스르고 있다

堂고개

낭떠러지에 매달려 금잔화, 개여뀌처럼
생경한 빛깔로 피어있다

아카시아나무 껍질같이 꺼칠꺼칠한 세월에 질질 끌려가며
멀거니 바라보고만 있다

함석처럼 녹슬고 찌그러진 아카키에비치 같은 목숨들

적막이 압정처럼 내리누르고 있다

메마른 칼바람이 어수선하게 회오리쳐 나오고 있다

저만치 외따로 군락을 이루고 있는
지구 반대편보다 더 멀리 밀려나와 있는

* 아카키 아카키에비치 : 고골리의 소설「외투」의 주인공.

감자탕

걸쭉한 국물에
푹 고아낸 이야기들,
펑퍼짐한 궁뎅이들 사이
파묻히고 싶은 때가 있다
날 선 말을 묻어버리고 싶은 때가 있다
채워도 채워도 창자가 텅텅 비는 날들

말에도 삶에도 피가 돌지 않는 날들,
돼지 뼈다귀같이 덜 생기고 막 생긴 말들
짜부라지다 못해 동글동글해진 말들 사이
내 몸속 웅크린 말의 씨앗들이 마음 놓고
와시글덕시글 굴러다니는 감자탕 집으로 간다

목구멍에 가시 돋치는 날들,
돼지갈비, 삼겹살, 감자탕집밖에 없는
이 컬컬하고 우중충한 골목 어디쯤,
늙고 병든 숫소 그리고리 영감이 후후 불어가며
어린 드미뜨리에게 감자탕을 먹이고 있을 게다
머슴처럼 일하다 짐승처럼 죽을지도 모르고
제 속을 파먹듯 허겁지겁 먹고 있을 게다

곡비哭婢 2

한번 반짝 빛을 보자고
악다구니 쓰는 목숨들,

하릴없이,
속절없이,
세월 다 지나간다고,
늦여름 꽁무니를 붙잡고
매미가 악을 쓰고 있다.

한철 소리 내어 울어보기 위해 보낸
캄캄한 땅속 생활 칠 년이,
한 번도 떠보지 못한 굼벵이 시절이
원통하다고,
억울하다고,
아직 못다 울었다고,
메마르게 울고 있다.

공허한 삶을 위해,
허공을 향해,
아무도 들어주는 이 없는 노래를

밤낮 울어대야 하기에,
안으로부터 마디마디 맺혀 올라오는
생의 붉은 신음소리.
찢기고 갈라터진 말 조각들.

3부

천 개의 입

촉촉한

가랑비같이 천천히 적셔오는 말이다 비에 젖은 돌, 비에 젖은 물 푸레나무같이 구멍 많은 말이다 부서지고 바스라진 生이 스며들어 가서 한 천년 잠들고 싶은 말이다 마음속에 숨어 날뛰는 식칼을 잠 재우는 말이다 '촉촉한'이란 말의 실핏줄은 비에 씻긴 엽맥葉脈 같아 푸릇푸릇, 하다 이 말의 자궁 안에는 무수한 말의 씨알들이 바글바 글, 거리고 있다 말랑말랑한 말들이 부화하고 있다 말을 만든 말을 좇아 갓 깨어난 말들이 나비처럼 날아오르고 있다 속 깊이 젖어있는 이 말의 머리 끝에 가만히 내려앉고 있다

천 개의 입

바람은 고비로부터 온다
버들개지가 속눈을 뜨다 말고 찡그리고 있다
노랗고 빨갛고 푸르스름한 버들개지 암꽃 속에
천 개의 색깔
천 개의 눈이 숨어 있다
고비로부터 불어오는 바람에는
모래 냄새, 죽은 낙타가 풍화되는 냄새,
태생부터 쓸쓸한 사람들의 냄새가 묻어있다
서걱서걱하게 마른 바람 속에는
홀쭉하니 여윈 사람들의 천 개의 소망
천 개의 모아진 손이
버들개지로 피어나고 있다
얼었다 녹았다를 되풀이하고 있는
재개발구역 시장통 사람들처럼
브라더 미싱으로도 봉할 수 없는
아프게 벌어진 천 개의 입을 가지고 있다
입을 가진 모든 것들은
꽃샘바람에 이리저리 부딪히는 버들개지처럼
잠들지 못하고
바람 속에다 울혈을 토해내고 있다

참말로 입을 가진 모든 것들은
밤새 윙윙 울며 떠들어댈 이유가 있다

엉성하다

모처럼 마음을 열고 들어온다 '엉성하다'라는 말의 물렁물렁한 살갗에는 무수한 숨구멍이 숭숭 뚫려있다 엉성하면서도 엉성한 줄 몰랐다 알고도 모르는 척 속아주었다 속아주는 연기가 더 고수다 마른 쑥을 삶아다 놓고 만병을 통치하는 약으로 팔아먹던 어수룩한 시절, 그 물을 먹고 만병이 다 나았던 호시절이 있었다 어설퍼서 더 끌리던 춘향전과 심청전, 삼류 가수의 빈틈에는 그만의 눈물이 두만강처럼 깊게 출렁이고 있었다 동네 찌그러진 함석집 문틈으로 황소바람을 타고 흘러들어가고 있었다 내 마음이 삐끗 열리는 순간

둥지

자세히 들여다보면,
모든 집에는 나름의 역사가 꼬물거리고 있듯
그 집만의 냄새가 우물처럼 고여 있다
집의 냄새는 사람의 냄새다 아니, 삶이 응축된 냄새다

이쪽 골짜기 김노인의 오두막에는 무어라 이름할 수 없는 기묘한
냄새가 배어있다 찌든 내 나는 싸구려 이불과 그 속에서 뜨고 있는
메주, 백태 낀 스텐 요강, 말린 고추 포대기, 먹다 남긴 밥상 위의 고
추장, 말라비틀어진 사과 껍질, 움푹 들어간 호박, 색 바랜 가족사
진, 쥐 오줌이 누우렇게 말라버린 푸른 색 벽지, 빗물이 새는 슬레이
트 지붕, 오줌으로 질척거리는 돼지우리, 쓰다 버린 농약병, 썩은 볏
짚 냄새들이 김노인과 식솔들의 숨 냄새에 한데 버무려져 있다 三冬
내내 이 골짜기 오리나무 이파리 삭는 냄새로 발효되고 있다

별빛에 노출되어 있는 까치둥지 같은 집,
깨어지기 쉬운 꿈들과 곰삭은 냄새들을
알처럼 품고 있다
구멍 많은 그 집에 처음으로 들어온 사람조차도
금방 그 냄새들과 한 가족처럼 둥글게 섞일 수가 있다

\>

시간을 타고 비집고 들어오는
모든 딱딱하고 날이 선 것들을 뭉그러뜨리고
죄다 밀어내고 있는 영양이 풍부하고 고집이 센 냄새들,
여물 같은 말과 늑골 속에 박혀 있는 그 냄새들을
번제燔祭 연기처럼 감싸고 올라가며 두런거리는 인간의 소리

여름 숲

당신은 조그마한 떡갈나무 숲이다
햇볕이 따갑게 내려쪼일수록
한결 더 서늘해지는 여름 숲이다
지붕 같고 양산 같은 당신의 떡갈나무,
生의 무게에 짓눌려 이따금씩 내려앉는
당신의 하늘을 치받쳐 주고 있는 떡갈나무,
이십 년을 헤매고 다녔지만, 당신은
늘 처음 들어가 보는 아담한 숲이다
물소리, 바람소리, 새소리
벌레소리, 나무들 숨 쉬는 소리
아이들 보채는 소리, 남편 투덜대는 소리
새벽녘 친정 오빠 숨 죽여 흐느끼는 소리
온갖 소리들이 한 가족으로 어울려 살고 있는 당신 몸은
큰 침묵이다
깊은 바다 속이다
깊은 바다같이 자고 나면
탕약 같은 밤을 마시고 나면
생선처럼 퍼들거리는 여름 숲, 당신은
비에 씻긴 돌이다
구멍 많은 돌이다

가난한 이웃들에게 내리는 비

울퉁불퉁한
마음속으로 내리는 비

부글부글 끓어올라 넘치는 몸을
앞산처럼 푸르게 가라앉혀 주는 비

타워 팰리스에도
구룡마을 따개비 같은 지붕 위에도
앞뒤 좌우로 콱콱 막힌 세월 위에도
골고루 골고루 내려주네

무릎보다 마음 먼저 꺾여
속으로 산사태가 나는 목숨들,
시간을 제 나이테 안에 옭아매지 못해
풀려버린 가난한 이웃들도 흠뻑 적셔주는 비

볕받이와 그늘받이로 갈라진
영원히 서로 만날 수 없는 이 불공평한 도시에서
햇빛과도 공기와도 다르게
차별 없이 두루두루 내려오네

>

　쪽그러지고 깨어진 것들을
　고르게 고르게 다듬어주고 펴주네

흰 빨래같이

이 세상 오고 가는 모든 사람의 것이면서
아무도 움켜잡을 수 없는 저 하늘

너무 깊이 파고들지 말라고
땅은 단단하게 만들어졌고
위로 위로 올라가기 쉽도록
하늘은 텅 비어 있다

아래로 파고들기 좋아하는 자들은
땅을 닮아 딱딱한 것을 좇아가고
위로 올라가길 기꺼워하는 자는
하늘을 닮아 투명하고
끝이 잡히지 않는 것을 찾아 떠돈다

이 세상에 흘러들어와
남쪽으로 난 창 하나만 끼고 사는 사람들
하늘이 유일한 부동산인 사람들
가을 하늘에 흰 빨래같이
자신을 널어 말리고 있다

개망초

유월이면 이 북쪽에서도 똑같이
나른한 목소리로 뻐꾸기가 운다.
애잔한 눈빛으로 개망초도 핀다.
쓸쓸한 인민의 얼굴로 핀다. 아니,
물, 바람, 햇빛만 받아먹은 얼굴로 핀다.
인민 이전의 사람의 얼굴로 핀다.
길가에 버려진 땅위에 무더기로 핀다.
인간의 역사는 아랑곳없이
바람 속에 서로 몸 비비며 핀다.
소나기 포탄으로 뒤집힌 땅에서도 피어나던 꽃,
오늘 금강산 가는 길에도
하늘하늘 질기게 피어있다.
가까이 다가가서야 겨우 구별되는 얼굴로
소리 없이 피었다 진다.

물확 1

돌도 맑은 물을 먹어야
생명을 얻는다
제 성깔에 맞는
색깔을 낸다

하늘과 땅 사이,
하늘과 땅 모양으로
둥글어서 그득한 물확에
바위떡풀 하나

흰 꽃들이
기러기 모양으로,
시끄럽고 탁한 하늘을
텅 비어서 맑은 제 세상으로 바꾸며
높이 날아가고 있다

시간을 거슬러 올라타서
길을 열어가고 있다

입춘立春

먼 산 드문드문 쌓인 눈이
털을 뽑다 만 돼지 살점같이 휘번득거린다.

성긴 눈발 속에서 노천욕을 즐기는 男, 女, 老, 少
속살이 갓 뽑아낸 가래떡처럼 김을 내뿜고 있다

사위어 가는 겨울 빛깔이 아쉬운지
찔레 열매가 울음 울듯, 벌겋게 속을 터뜨리고 있다

겨울 햇살에 취한 듯 스스로의 빛깔에 취한 듯
까치 혀같이 촉촉하게 젖은 철쭉 이파리들

불그스름하게 타오르고 있다 몸을 열어젖히고
찰랑찰랑 발목까지 차오른 봄을 퍼 올리고 있다

4월 1일

작년처럼 어제가 만우절이란 것도 모르고 지났다 이젠 우스개로 거짓말을 늘어놓다간 맞아죽을지도 모른다 목련 속에 꽃불이 화사하게 타올라 가슴에라도 옮겨 붙은 양 반팔로 헤집고들 다니는 날, 탈북자 같은 그는 아직 한겨울 속에 웅크리고 있다 두꺼운 파카에다 내복까지 껴입고 있다 그래도 춥다 뼛속까지 춥다 거짓말 할 줄 모르는 몸, 어제는 하루 종일 배가 고팠다 정말로 배가 고파서 고픈 건지 외로워서 고픈 건지 분간이 안 돼 라면을 끓여먹었다 먹어도 먹어도 배가 고팠다 등 뒤에 TV는 하루 종일 켜 놓는다 이 서울 한복판에서 사람의 말이 고파서다 문둥이가 흘리는 피처럼 뚝뚝 떨어지는 외로움, 실업수당도 못 받는 마흔이 넘은 구직단념자, 개키지 않은 이불과 냄비와 라면 봉지와 책들이 나뒹구는 방바닥같이 꾸질꾸질한 얼굴로 천장에다 담배연기를 뿜어 올리고 있다 독방 같이 어둡고 눅눅한 몸 안에다 불을 지피고 있다

새털구름에 걸다

솜사탕처럼, 누군가
손끝으로 당겼다가 슬며시 놓아버린 듯
길고 엷고 달콤하게 펴져 있는

새털구름 같은 내 마음의 현을 고르는 이
팽팽하게 당겨서 울려보고 있다
부엌 귀뚜라미 소리처럼 짜랑짜랑 울려나오고 있다

가을 한철만, 그것도
가장 높은 하늘만 고집하는
새털구름엔 먹구름이 없다
새털처럼 가볍고 따사로워 보이지만
얼음 덩어리의 정신으로 모이고 흩어진다

높이 오를수록 차고 투명해져 희게 빛나는
구름, 새, 사람, 모든 살아있는 것들

꿈들이 낙엽처럼 이리저리 수상하게 쓸리는 밤
망가진 마음의 현을 누군가 높은 곳에서
만져주고 있다

>

내 마음 새털구름에다 걸어놓고
비도 눈도 내리지 않는 궁창에다 걸어놓고
얼음덩이 같이 올차게
궁창 같이 둥글게 외롭게

아이스케키와 소빵

흘러간 노래에는
아이스케키와 소빵 냄새 고소하고
황해와 허장강이 말을 탄 채 서로 총질하고 있다
새나라 자동차, 국민교육헌장, 이승복, 맹호부대가 들어있고, 사
라호 태풍이 불고, 트위스트 김이 60년대 속도로 돌아가고 있다

젓가락 장단에 맞추던 노래에는
소침장수 딸 정님이가 있고 약방 집 미선이, 대서빵 집 옥경이, 면
서기 아들 수남이가 있고
염산으로도 황산으로도 녹일 수 없는
조약돌 같은 얼굴로 웃고 있고

흘러간 노래에는
저마다 흘러가지 않는 고향이 있다
나훈아같이 잘도 꺾으며 불러 제끼던
까까머리 친구들이 있다
배호가 동방신기를 누르는
청도소리사에 가면
김정구도 현인도 김정호도
여전히 죽지 않고 살아있다

>

흘러간 노래에는

흘러간 모든 것들이

떠도는 내가 잃어버린 모든 것들이

시간에 부식되지 않고 석류알처럼 박혀있다

삼포
— 南行詩 1

벌써 쭈그러들어가는 둘째 누나 같은 아낙들
옥돔처럼 지느러미 살래살래 흔들며 떼 지어 다닌다
바닷바람에 덜덜덜 떨면서
치마 속같이 둥근 어항漁港을 속속들이 훑고 지나간다

잃어버린 고향을 찾아
평생 구원의 여인을 찾아
칠십 년 전 백석이 밟았던 부두,
당홍치마, 노란저고리 그때 그 새악시들은 없지만
SK 텔레콤, 나이키, 미사, 롯데리아밖에 없지만
좌판 아낙들의 삶과 같이 지금도
가재미, 놀래미, 서대, 넙치가 얼면서 마르고 있다
백석이 그러했듯 나도 대구탕을 시켜먹고 있다

면도날 꽃샘추위에 동백은 시들고
무슨 속병이라도 든 겐지
기름때 절은 항구가 밤을 새워가며 둔중하게 앓고 있다
쇳소리 섞인 갈매기 울음 삼키고 있다

立冬 지나

창호지 같은 햇살이 노루꼬리보다 짧다

마음에 혈관이 막혀 비쩍 마른 미루나무 꼭대기

겨울 까치 한 쌍, 삭정이 물고 들어온다

질경이가 도랑물에 아린 발가락 길게 뻗치고 있다

내 안의 디룩디룩 살진 말들, 기름기 빠지는 시간

그곳에는

지금도 감나무 이파리에는
햇살기름 흘러내리고 있겠지

검게 쭈그러진 얼굴마다 그래도
햇살기름 반질반질 빛나고 있겠지

나일론보다 질긴 사투리에 아직은
햇살기름 철철 흘러넘치고 있겠지

한나절이면 갈 수 있는
하지만 가지 않는
그곳에는

이름붙일 수 없는
단단한 그 무엇들,
허공중에 죄다 녹아 사라지고
텅 비어 있는

가도 가도
영영 안으로 들어갈 수가 없는

그곳에는 지금

감나무 이파리에
내 영혼 흔들어 깨우는
그 햇살 오래오래 반짝이겠지

삼랑진

기차도 숨 죽여 천천히 돌아서 가는

물비늘이 찰랑, 찰랑거리는 가을 강

산빛이 물빛에 녹아 한 몸으로 흐르는데

깊이를 드러내지 않는 빛깔을 닮아

해맑게 이어가는 목숨들

굽이진 내 마음이 돌고 돌아

산 그림자같이 가만히 내려앉는 마을

감나무 숲에 둘러싸인 그 집의 적막 속에

물기 어린 눈을 지닌 이가 있었다

곡비哭婢 1

어느 날 詩를 쓰다가 문득 만져본
오십 살의 쓸쓸한 피부

나이보다 더 지친 내 살가죽을 만들기 위해
그동안 내 詩는, 너무 오래,
내 안에 갇혀 살았다

산이 좋아지고 물이 좋아지는
해가 뜨고 달이 지는 뜻을
새겨듣는 오십에

여태 날 위해 심히
부지런히 부끄럽게 울어왔으니
이젠 남을 위해
울어줘도 되리라

슬퍼도 울 힘이 없고
울래야 울 수도 없는 이들을 위해
대신 울어줄 수 있으리라

>

내 안에 갇힌 울음이 날개를 달아
내 안의 벽을 허물고
해가 되고, 달이 되고, 별이 되어
궁창穹蒼 높은 곳에 박히리라.

피로 쓰는 영혼의 비망록
— 최서림 시의 의미

김경복 문학평론가 · 경남대학교 교수

피로 쓰는 영혼의 비망록
― 최서림 시의 의미

김경복 문학평론가 · 경남대학교 교수

　기이하다. 최서림의 이번 시집을 읽고 있으면 천지사방에서 냄새가 진동한다. 시집 자체가 하나의 냄새주머니 같다. 향기로운 냄새도 있지만 짠내로 대표되는 곰삭은 냄새나 유년의 시골에서 맡은 냄새, 혹은 폐가가 돼버린 집에서 나는 퀴퀴한 냄새가 주를 이룬다. 한 마디로 향기롭기보다는 비릿한 냄새에 가까운 것들이 시집 전체에 얼기설기 박혀 있다. 그렇다, 냄새는 진하게 그의 의식 속에서 '박혀' 현재의 지금 삶에 불려나오고 있다.

　왜 그는 냄새에 민감해 하고 있는가? 아니, 더 나아가 왜 냄새에 하염없이 이끌려 가는가? 도저히 거부할 수 없는 힘에 끌려가는 모양새로 시인은 도처의 냄새에 즉각적으로 반응하고 거기에 자신의 심사를 담는다. 그 심사는 대체로 애틋하고, 애틋하다 못해 처연한 마음의 지도를 그려내고 있다. 냄새에 중독된 한 자아의 의식을 알아보기란 쉽지 않을 것이다. 그 내밀한 마음의 행로와 역사에 대해 우리가 어찌 다 알아볼 수 있겠는가!

그러나 시란 무엇인가! 바로 공감을 통한 전이의 울림을 줄 수 있는 마법 그 자체 아니겠는가. 시인의 의식을 펼쳐놓은 시적 이미지의 결을 따라 우리가 함께 그의 세계 속으로 들어가게 된다면 어느 정도 그의 심중에 이는 강한 끌림에 대해서는 눈치 챌 수 있으리라. 중독이 그냥 중독이 아니라 보다 깊고 의미 있게 살기 위해 몸부림치는 행동이라는 것을 말이다.

그것을 알기 위해서는 얼마간 그의 시집 전체를 되돌아가 읽어볼 필요가 있다. 기존에 나온 시집 전체를 아우르는 것이 더욱 좋지만 이번 시집 자체가 직조하고 있는 풍경 속에서 그 실마리를 찾아보는 것도 좋은 독법의 하나일 것이다. 그 일은 이번 시집에서 최서림 시인 그가 현재 자신을 어떻게 인식하고 있는가 하는 것을 알아보는 데서부터 시작할 일이다.

결핍의 현실과 절멸의 공포

그래, 그렇다. 모든 시인들은 자신의 현실적 삶에 대해 직시하고 그것에 대해 반성적 태도를 취한다. 그렇지만 고통스런 자아의 출현에 따른 자신의 내면을 정직하게 바라보기란 어려운 일이고, 무엇보다 그 바라봄에 의해 자신의 삶과 관련된 깊은 성찰을 하기란 더욱 어려운 일이다. 특히 죽음과 관련된 존재성에 대한 직관적 성찰은 아무 시인이나 할 수 있는 것은 아니다. 이번 시집에서 최서림 시인이 현재의 자신을 반성하는 기록은 자신의 삶에 대한 직핍한 응시일 뿐 아니라 제 존재성에 대한 섬뜩한 직관이 아로새겨져 있어 놀랍다 못해 무서워지기까지 하는 경향이 있다. 그 시는 이렇다.

바람처럼 지나가는 소소한 농담에도

피가 서늘하게 굳어지는

늙은 조개처럼 무뎌진 나이,

知天命이란 껍데기만 남은 말,

맞대고 싸울 힘이 다 빠져버린 나이,

태풍 휩쓸고 지나간 섬처럼 황량한 세상

여기저기 살짝 부딪히기만 해도 뼈가 부러지는 듯

온몸이 아려오네

벌써 구멍이 막히고 딱딱해져

자잘하게 깨어지고 금이 가기 쉬운, 하지만

왕창 깨어지지는 않는 기술을 안으로부터 터득한 나이,

아직은 푸른 잎사귀들이 비바람에 우수수 떨어져

스산한 숲속 같은 인생의 9월,

별 수 없이, 단풍을 준비할 줄 알아야 하는 나이,

보이지 않는 거대한 손을

한순간 몸으로 느끼기 시작하는

— 「깨어지기 쉬운」 부분

이 시의 내용은 그리 어려운 것은 아니다. 아마 시인이 나이 50을 넘게 되면서 갖게 되는 심사를 쓴 것이라고 추측할 수 있는데, 그것은 "피가 서늘하게 굳어지는/ 늙은 조개처럼 무뎌진 나이/ 知天命이란 껍데기만 남은 말"에서 간취할 수 있다. 지천명이 공자 나이 50을 가리킨다는 점을 전제하여, 이 나이가 시인에게는 피가 굳어지고 감각이 늙은 조개처럼 무뎌지는 것으로 인식되고 있다는 점을 우리는 파악할 수 있다. 그래서 그의 존재성을 대변하는 몸은 "벌써 구멍이 막히고 딱딱해져/ 자잘하게 깨어지고 금이 가기 쉬운" 파멸의 가능성을 많이 가진 존재로 등장한다. 그런데 시인의 정직성은 "하지만/ 왕창 깨어지지는 않는 기술을 안으로부터 터득한 나이"라고 말함으로써 어느새 적응력이 있는, 아니면 약간은 자조적인 어조로 볼 때 노회老獪한 존재가 되었음을 자인하는 데에 나타난다.

전체적으로 오십의 나이가 주는 생기 없음, 즉 "맞대고 싸울 힘이 다 빠져버린", 혹은 "여기저기 살짝 부딪히기만 해도 뼈가 부러지는 듯/ 온몸이 아려오"는 것들에 대한 무상함과 슬픔에 대해 읊으면서 더욱 나이 들어가게 되면서 맞아야 할 "스산한 숲속 같은 인생의 9월/ 별 수 없이, 단풍을 준비할 줄 알아야 하는 나이"임을 자각하는 데에 그 초점이 모여져 있다. 그런데 이 시의 놀랍고 무서운 전율은 "보이지 않는 거대한 손을/ 한순간 몸으로 느끼기 시작하는" 구절에서 발생한다. 이 구절은 앞 행의 나뭇잎이 그 생기를 다하여 떨어지는 '단풍'과 관련되는 것일 텐데도 전혀 새로운 감흥을 이 시 안에서 불러일으키고 있기 때문이다. 단풍이 보기 좋게 그 생애를 다하고 진다는 것은 별로 놀랍거나 두려운 느낌을 주지는 않는다. 오히려 아름다운 생의 종말로서 뿌듯한 느낌으로도 받아들여질 수 있다. 그러나 '거대한 손'에 대한 '한순간의 몸의 느낌'은 섬뜩한 소름을 발생시킨다. 아마 생각컨대 거대한 손은 신의 섭리로 생의 종말을 암시하는 죽음을 가리킬 것이다. 그렇지만, 왜 시인은 아직 죽음을 맞이하기에는 이르다 할 수 있는 오십의 나이에 저 차가운 촉각적 감각의 섬뜩함으로 죽음을 느끼고 있는가 하는 점을 생각해 볼 수 있다. 이 구절은 시인이 표현의 참신함을 위해 짐짓 과장한 감각이라 볼 수도 있지만 죽음을 온몸의 실감으로 느끼게 함으로써 존재의 절멸을 필연으로 내포하고 있는 모든 존재들의 공포를 즉각적이고도 집약적으로 드러내 주고 있다는 점을 보여준다.

때문에 그것은 다음과 같은 우리의 추리로 그 의문에 답할 수밖에 없다. 이 구절에서 우리는 여러 가지를 느낄 수 있다. 신의 섭리로 대변될 수 있는 '거대한 손'은 도저히 거역할 수 없는 운명의 실체로서 끝없이 왜소하고 나약해질 수밖에 없는 인간의 불완전성이나 유한성을 둔중하게 깨닫게 해준다. 그러면서 한순간에 이 모든 것을 온몸으로 느낄 수밖에 없는 감각과 의식의 지향성은 인간으로 하여금 존재와 생의 의미에 대해 깊게, 깊다 못해 처절하게 추구하는 가능성과 역동성을 엿보게 한다. 인간의 태어남은 과연 축복인가, 저주인가 하는 물음까지 생각할 정도로 이 구절은 독자인 우리에게 많은 감각의 소름을 돋게 하면서 살아있음의 의미에 대해 숙고하게 하는 것이다. 이러한 상념과 감각의 회오리를 발생시키고 있다는 점에서 최서림의 이 시는 단순하고 평면적인 자기반성적인 시에서 벗어나 무엇인가 우리가 알 수 없는 선험적 세계로 이끄는 신비한 울림을 간직하고 있다고 할 수 있다.

하나 더 해명하고 넘어 갈 점은 아직 50의 나이란 것이 비록 늙어감의 사태는 맞지만, 죽음을 인식하고 그에 대해 준비할 나이라고 보기에 이르다는 점에서 저와 같은 구절을 쓴다는 것이 시인의 엄살에 가까운 태도가 아닌가 하는 의문이다. 그런데 가만히 생각해보면 50의 나이가 젊음과 늙음의 경계가 아니겠는가 하는 점이 떠오른다. 시에서 볼 수 있듯이 오십이란 나이는 정열이라 할 수 있는 '힘'은 점차 빠져나가고, 천명을 알아버렸으니 더 이상 새로운 삶을 준비할 수 있는 가능성도 차차 사라져 가는 시간인 셈이다. 그러나 경계라 해서 다시 되돌아갈 수 있는 곳이 아니란 데서 이 시가 갖는 애상의 본질이 발생한다. 젊음과 늙음에 동시에 발을 걸치고 그 양쪽

지대를 바라볼 수 있는 심리적 눈은 갖추었지만 육체는 이제 점차 늙음의 비탈길로 굴러 떨어지는 형상에 처한 것이 이 시의 내용이다. 거기서 노쇠로 굴러 떨어지는 몸의 형상을 아직 젊음의 의식으로 바라볼 수밖에 없는 현실, 즉 의식과 상충되게 이반離反해가는 육체의 파동을 보게 되는 것이 바로 죽음에 대한 몸의 실감이라 할 수 있다. 젊은 자는 아직 육체적 소진에 대한 감각이 없어 죽음을 실감으로 느끼지 못하고, 아주 늙어버린 자는 의식의 명료성이 사라져 몸의 감각에 의존한 죽음의 실체를 파악하지 못한다. 그렇다면 죽음의 감각과 그 두려움의 실체를 제대로 느끼고 이를 감각적으로 형상해낼 수 있는 사람은 바로 이 경계에 선 자로서 굴러떨어짐의 현기증을 약간 맛본 자가 아닐까. 그러므로 최서림이 오십이란 나이에 들어 이런 감각을 직관해내는 것은 삶의 본질에 대해 시인으로 예민한 천분을 드러낸 것이라 할 수 있다.

그러나 저러나 나이듦은 결핍과 고통의 현실을 마주하는 것이기에 시적 화자에게 슬프고 처연한 날들이 이어질 것은 분명하다. 이번 시집 전체가 애잔하고 슬픔에 가득 차 있는 것은 시인의 자기 존재에 대한 이런 인식에서 연유한다. 눈에 잡히는 대로 뽑아본 다음 시들이 바로 그런 예다.

종일 젖어 있다

(중략)

말이 뼛속까지 얼어붙은 날들,

찔레 가시 같은 하루가

목구멍으로 길게 넘어간다
─「소설과 대설 사이」 부분

찢어진 말과 말 사이, 눈발 몰아친다

어긋난 늑골 속 허허벌판을 빙빙 돌며

가시 걸린 목소리로 울고 있는 저 검은 새,

발을 붙이지 못하고 바람 속을 떠도는

가슴 속 다 토해내지 못해, 새까맣게 타버린 저 떠돌이 새,

모든 색깔을 삼켜버린 빛깔로 캄캄하게 울고 있다
─「대한大寒」 부분

부러진 뼈 같은 가지에 찔리며
해는 울컥울컥 넘어가고

제 빛깔이 품은 울음을 다 토해내지 못한, 검은 새가
물갈나무 껍질처럼
꺼칠꺼칠한 소리로 울고 있다

아무 일도 없는

아무 말도 오가지 않는 텅 빈 하루,

푸석푸석한 하루가

낚싯줄보다 질기게 길다

　　—「제 빛깔에 지친」 부분

　이 세 시가 보이는 공통점은 고통스런 현실과 이에 상응한 상처 입은 자아의 출현이다. 「소설과 대설 사이」에서 세계는 "종일 젖어 있"고, 시적 자아는 "찔레 가시 같은 하루가// 목구멍으로 길게 넘어가"는 나날을 보내고 있다. 「대한大寒」에서 세계는 "찢어진 말과 말 사이, 눈발 몰아치"는 엄혹한 현실이 주어져 있고, 이 현실 속의 시적 자아는 "가시 걸린 목소리로 울고 있는 저 검은 새"로 등장한다. 「제 빛깔에 지친」에서의 세계 역시 "부러진 뼈 같은 가지에 찔리며/ 해는 울컥울컥 넘어가"는 황량하고 종말적 상황으로 주어져 있고, 이에 존재하는 시적 화자의 표상은 "제 빛깔이 품은 울음을 다 토해내지 못한, 검은 새"가 되어 "물갈나무 껍질처럼/ 꺼칠꺼칠한 소리로 울고 있"다. 시의 상황과 시적 화자의 분신들은 모두 황폐한 심상으로 제시되어 애잔하다 못해 처절하기 짝이 없다. 그것도 목구멍에 가시가 걸린 상태로 피울음을 쏟아내는 시적 화자의 상징에 이르면 아연 할 말을 잊게 될 정도인 것이다.

　무엇이 최서림 시인으로 하여금 이토록 암울하고 처연하기 그지없는 시를 쓰게 할까 하는 점이 의문으로 남는다. 이 부분을 단순히 나이듦에 따른 애상으로만 보기에는 미진함이 남기 때문이다. 그 시인의 깊은 심층에 이는 분노랄지, 한이랄지 등의 무의식적 충동의 폭풍을 알기 전에는 이 '피로 우는 새'들의 고통스런 표상을 이해

하기는 어려울 것이다. 그러나, 그렇다고 해도, 이 시들은 분명 나이 듦에 따른 결핍의 정서를 발생시키고 있다는 점에서 앞의 해석의 연장선상에 서서 살펴볼 필요가 있다. 시적 화자가 거처하는 시간대는 겨울과 황혼녘, 또는 밤이다. 추위와 종말이 본질적 시간으로 주어져 있다. 이는 생의 활기에서 벗어난 죽음과 관련된 시간의 상징이다. 앞 시 「깨어지기 쉬운」의 시간대가 가을과 오후였다면 이 시들은 조금 더 시간의 기울기가 진전돼 겨울과 황혼이 되고 있다. 의식의 불안과 침통함이 더 깊어졌다는 말일 것이다. 시적 화자는 자꾸 늙어감의 비탈이 주는 가속감에 사로잡혀 그 불안을 더욱 심하게 표현하고 있는지도 모른다. 그래서 전체적으로 시적 화자의 정서는 애탐이다. 말로 표현해내지 못하는 사연의 절절함을 울음으로, 그것도 가시에 걸려 피가 쏟아지는 목소리로 울 수밖에 없는 '검은 새'의 고독한 표상은 시인의 생에 대한 애절함이 역설적으로 그 생에 대한 갈망이 얼마나 더 깊고 절실한가 하는 점으로 드러난다.

이 점에 입각해 우리는 생각해 볼 수 있다. 시인은 제 피를 잉크로 삼아 제 존재의 무상함을 노래하고 기록할 수밖에 없는 존재라고 한다면, 최서림의 이 시들은 바로 이 경우에 가장 합당하게 부합되는 사례라고 말이다. 존재함을 무화無化시키지 않기 위해 시인은 피로 자신의 살아있음을 기록으로 남긴다. 존재에 대한 갈망과 애탐이 늙어감에 대한 사유로 인해 이렇게 절절하게 표현되고 있다면 그것은 최서림 시인의 존재에 대한 애정과 자기 성찰의 치열성이 남다르다고 할 수밖에 없다. 형식과 주제가 상징적으로 처연하게 나타나도 이것은 존재에 대한 탐구이자, 하나의 구도의 자세로 볼 수 있는 것이다.

이런 해석을 가능케 하는 시인의 마음의 상태를 이해하기 위해서는 그의 다른 시 하나를 더 살펴볼 필요가 있다. 그 시는 이렇다.

해는 서걱서걱하게 넘어가고 또 넘어가고

세상 한 귀퉁이에서 여윈 귀뚜라미로 살고 있을 너는
나의 숨구멍이었다
하현달 같이 색 바랜 그리움으로 돋아난, 더듬이만으로도
너의 흔들리는 주파수를 짚어낼 수 있었는데
배밀이라도 해서 다가가고 싶었는데,
너의 젖은 날개 하나 말려줄 수 없는 나는
다가갈수록 그만큼 더 잃어버리고 마는 너는

스러져 가는 가을 햇살이 가슴을 찔러
서쪽 하늘이 붉다
— 「잔광殘光」 전문

이 시에 이르러 우리는 우리의 존재가 본질적으로 처연할 수밖에
없음을 알게 된다. 그리고 시라는 것도 이런 존재의 처연함에 공명
하여 애잔함을 띨 수밖에 없게 됨도 깨닫게 된다. 이 시의 제목이 주
는 의미심장함도 다 까닭이 있다. 우리들 목숨이 바로 이 '잔광'이 보
여주는, 스러져가는 붉음, 애틋한 흐림 아니겠는가. 되돌릴 수 없
고不可逆, 피할 수 없으며不可避, 끝내 알 수 없는不可解 존재가 의식을
가진 인간 존재라면, 그 존재가 갖는 생의 절멸에 따른 의식의 결은
이 시와 같이 "스러져 가는 가을 햇살이 가슴을 찔러/ 서쪽 하늘이
붉"게 되는 것처럼 온통 애잔함 내지 피울음으로 나타날 수밖에 없

는 것이다.

이 시에서 더욱 슬픈 것은 인간으로 끝내 닿지 못하는 "세상 한 귀퉁이에서 여읜 귀뚜라미로 살고 있는 너"에 대한 의식이다. 이 너는 "나의 숨구멍"으로 진정 그립고 소중한 대상이지만 아, "배밀이라도 해서 다가가고 싶었는데"에서 볼 수 있듯 그렇지만 끝내 다가갈 수 없는 한계로 나타난다. 여기서 '배밀이'라는 시어가 더욱 안타까움을 조성한다. '배밀이라도 해서' 가고 싶다는 표현은 버림받은 뱀이나 지렁이 같은 연체동물의 비천한 존재가 되었을지라도 끝내 그리운 대상에게 가야한다, 가고 싶다는 간절한 염원을 드러낸 것이다. 그것을 상상해보는 것은 공감을 넘어 전율을 일으킨다. 거기다 이 너에 대한 의식의 지향성, 즉 초월성은 의식 안에 잠복해 있어도 현실적 몸으로 가기에는 "너의 젖은 날개 하나 말려줄 수 없는 나는/ 다가갈수록 그만큼 더 잃어버리고 마는 너는"에서 볼 수 있듯이 '할 수 없음', 또는 '갈 수 없음'의 운명적 한계에 부딪혀 좌절하고 마는 것으로 끝나 더욱 마음을 상하게 한다. 따라서 이 의식의 본질적 한계를 실감으로 인식케 하는 육체의 노쇠함과 피흘림은 생의 본질에 더욱 육박케 하여 우리로 하여금 생의 어쩔 수 없음에 이르게 하고 그 의식의 영역에 침잠케 하여 생의 의미를 진정으로 사색케 하고 있는 것이다. 이 점에서 최서림의 이와 같은 시적 표현은 '생의 어쩔 수 없음'에 대한 명상적 성격을 지닌다고 볼 수 있을 것이다.

이에 따라 시인의 의식 속에는 이러한 의식의 지향으로 인하여 존재의 절멸에 대해 초월할 수 있는, 아니 존재의 절멸에 대해 의식하지 않은 상태로 돌아가고 싶은 마음의 행로를 부단히 그리게 된다. 이번 시집에서 많이 보이는 고향에 대한 그리움이나 어떤 미지의 세계에 대한 갈망은 이런 의식의 연장선상에 서 있다고 할 수 있다.

후각을 통한 근원 지향과 통각의 기능

생활이 저리 고달프고 마음이 고통스럽기 때문에 시인은 "왜 마음은 바라크를 닮아 점점 딱딱해져만 가는가"(「오각형에 대한 사유」)하고 탄식하거나 "내 몸은 너무 메마르고 서걱거리고 있어"(「오래된 집」)라고 조용한 고백만 되풀이 할 뿐이다. 그런 가운데 가끔 "그래도 삶은 계속된다는 말에 붙잡혀/ 꿀벌처럼 날아간 적이 있다"(「아카시아 꽃을 보러 갔다」)고 말함으로써 생활이 주는 불안과 고통을 잊으려 하기도 하는 것이다. 그러나 전자의 탄식이나 뇌까림은 모두 임시적 처방, 보다 근원적인 마음의 이끌림을 드러내지는 못한다. 그가 간절히 원하는 것은 "꿀벌처럼 날아간 적이 있다"에서 볼 수 있는 것처럼 피할 수 없는 어떤 이끌림, 즉 꿀벌이 아카시아 꽃의 향기에서 발생하는 꿀에 끌려갔듯이 그에게 안식과 구원을 줄 수 있는 마음의 고향, 동일성의 고향으로 지향해가는 것이다. 그것이 이번 시집의 전체를 물들이는 후각적 냄새의 진실인 셈이다.

우선 최서림 시인의 일상적 의식 속에서 "흘러간 노래에는/ 흘러간 모든 것들이/ 떠도는 내가 잃어버린 모든 것들이/ 시간에 부식되지 않고 석류알처럼 박혀있다"(「아이스케키와 소빵」)라는 점을 짚고 넘어가자. 존재의 절멸이 심각한 의식의 불안으로 주어졌을 때 심리적 기제는 과거로 돌아가고자 한다. 의식의 퇴영이라 불러야 하겠지만 심리적 안정과 평화가 그런 상태에서 발생하고 있다는 점에서 이는 일상적, 논리적 측면의 부정성보다는 심리적, 미학적 긍정성을 일정 부분 갖추고 있다고 볼 수 있다. 따라서 시인이 흘러간 노래 속에 '잃어버린 모든 것', 가령 제목에서 보이고 있는 것처럼 정겨운 '아이스케키'나 '소빵' 등이 "석류알처럼 박혀 있다"는 표현은 과거를 통한 현재의 결핍을 충족하겠다는 의식의 기제가 작동한 것으로 볼 수 있고, 이는 현재의 흔들리는 자신의 정체성을 과거의 것들과 공유하고 지속함으로써 다시 되찾겠다는 의지의 표현으로도 볼 수 있다. 이는 모든 결핍과 부재의 현실 상황에 대해 취하는 심리적 기제라는 점에서 본능적이고 강력한 힘의 이끌림이라 할 수 있다.

　이 이끌림의 대표적 감각이 최서림 시인의 시에서는 후각적 감각의 표상으로 나타난다. 실제 그는 꿀벌이 되어 아카시아 향내로 무작정 달려갔다고 볼 수 있는 것이다. 다음과 같은 시가 바로 그런 경우가 아닐까.

　　늙은 몸에 접힌 주름살처럼
　　자글자글 금이 간 쓰레트
　　시골집은 엄마의 시든 젖가슴이다
　　만물상회처럼 잡다하게 널브러진
　　잡동사니 냄새가 기묘하게 어울린 집
　　폐가로 들어앉은 엄마 냄새가 나는 집
　　내 코에는 뻥튀기 냄새, 어린 날
　　엄마 주머니 속 아늑한 냄새
　　머리가 여문 알맹이는 자식처럼 날아가버리고
　　껍질만 동그마니 남아 탱자울에 매달린 채
　　서리에 삭아버린 박주가리 같은 집
　　내 피 속으로 사라져간,
　　먼지로 뒤덮인 들판 야생화 같은
　　―「박주가리」 전문

이 시는 고향의 시골집을 대상으로 시적 언명을 하고 있는 것이지만 주 내용은 어렸을 적 맡았던 냄새로 인한 기억의 복원이다. 이 시에서 냄새는 "잡동사니 냄새", "엄마 냄새", "뻥튀기 냄새" 그리고 "어린 날/ 엄마 주머니 속 아늑한 냄새" 등으로 나타나고 있다. 그것들은 모두 "자식처럼 날아가버리"거나 "내 피 속으로 사라져간" 것으로 그 동안 잊혀져 어쩌면 "먼지로 뒤덮인 들판 야생화 같"이 아름답지만 애처로운 존재들이다. 냄새로 유년의 한때와 그 유년을 지탱해주고 있는 어머니와 집에 대한 기억을 떠올리고 있는 시인 셈이다.

그런데 문제는 이 시에서 이와 같은 냄새가 시적 화자에게 어떤 작용을 하느냐 하는 점이다. 이 시에서 시골집의 실상은 시각이나 청각 등의 감각에 의해 복원되고 있지 않다. 문제의 초점은 현재 시골집이 갖는 의미가 과거의 유년의 집의 형상과 겹침으로서 시적 화자에게 현재적 삶의 결핍이 무엇인가를 즉각적으로 환기시켜주고 있다는 사실에 있다. 그 결핍의 계기와 실상을 후각적 진실이 맡아보여주고 있다는 점이다. 즉 현재 시골집에 시적 화자는 내려가 "폐가로 들어앉은 엄마 냄새가 나는 집"을 만나게 된다. 거기서 맡은 냄새가 어린 날 맡았던 '뻥튀기 냄새'와 '엄마 주머니 속 아늑한 냄새'를 즉각적으로 떠올리게 한다. 이 점은 후각이 시간을 초월하여 어떤 계기가 주어지면 동일한 냄새로 같은 감정적 상태로 만들어준다는 것을 의미한다. 감각에 대해 연구한 알베르트 수스만의 『영혼을 깨우는 12감각』에 의하면, 후각은 존재의 가장 근원적인 감각으로 자신의 정체성을 인식하는 시작이자, 자신의 존재성을 둘러싸고 있는 경계와 종족에 대한 인식을 부여해 주는 감각이라고 한다. 한 마디로 냄새가 자신의 근원적 정체성을 일깨워주고, 제 자신이 속할

집단과 영역이 어디인지를 알려주는 표지가 된다는 것이다.

그렇기 때문에 동물은 냄새에 의해 새끼와 동족을 구분하고, 제 터전을 확정짓듯이 인간에게도 이러한 본능은 남아 제 정체성이 흔들리고 마음의 불안이 강해질 때 자신의 속한 집단이 내는 냄새에 본능적으로 이끌리고 거기에 대한 그리움을 발산하게 된다는 것이다. 위 시가 갖는 냄새의 진정한 의미는 바로 이 점에 있다. 그래서 최서림 시인은 지금의 시골집들이 황폐화해져 "늙고 못생긴 조강지처모양 버리지도 떠나지도 못하는 집/ 깨어진 농약병이 여기저기 뒹굴고/ 퀴퀴한 냄새로 울타리 쳐져 있다"(「말하는 집」)라고 표현함으로써 냄새가 바로 자신의 역사와 정체성을 시 제목에서 암시하고 있듯이 '말하는' 것으로 표현해 표현해 냄으로써 정체성의 복원을 갈망하고 있는 것이다.

그것은 역으로 최서림 시인이 자신의 정체성을 냄새로 인식하고 다른 사람들에게 이를 알릴 수밖에 없음을 인식하고 있다는 말이 된다. 그리하여 다음과 같이 매우 기이하고 단언적 어조를 가진 시를 쓰게 된 것이 이와 같은 발상의 연장선상 위에 서 있기 때문임을 알게 된다.

자세히 들여다보면,
모든 집에는 나름의 역사가 꼬물거리고 있듯
그 집만의 냄새가 우물처럼 고여 있다
집의 냄새는 사람의 냄새다 아니, 삶이 응축된 냄새다

(중략)

별빛에 노출되어 있는 까치둥지 같은 집
깨어지기 쉬운 꿈들과 곰삭은 냄새들을
알처럼 품고 있다
구멍 많은 그 집에 처음으로 들어온 사람조차도
금방 그 냄새들과 한 가족처럼 둥글게 섞일 수가 있다

시간을 타고 비집고 들어오는
모든 딱딱하고 날 선 것들을 뭉그러뜨리고
죄다 밀어내고 있는 영양이 풍부하고 고집이 센 냄새들,
여물 같은 말과 늑골 속에 박혀 있는 그 냄새들을
번제燔祭 연기처럼 감싸고 올라가는 두런두런 인간의 소리

—「둥지」부분

   이 시에서 냄새는 모든 것을 대변하고 모든 것을 통합한다. "집의
냄새는 사람의 냄새다. 아니, 삶이 응축된 냄새다"라는 것은 냄새가
대변의 가장 강력한 감각임을 시인은 분명히 인식하여 이를 단언하
고 있다는 것을 보여준다. 그리고 이 대변은 또한 강렬한 통합적 작
용을 한다는 것을 알려준다. 집의 냄새가 사람의 냄새를 대변하는
것을 넘어 삶이 응축된 냄새로 뻗어갈 수 있는 것은 통합의 성질을
그 안에 담고 있지 않고서는 불가능하기 때문이다. 그래서 시인은
냄새가 "구멍 많은 그 집에 처음으로 들어온 사람조차도/ 금방 그 냄
새들과 한 가족처럼 둥글게 섞일 수가 있다"고 하여 사회적 통합기
능이 있음을 주지시켜주고 있다. 그런데 그 통합은 자신과 같은 동
족과는 이루어지는 것이지만 성질이 다른 종들과는 통합되지 않는
다는 점도 보여준다. 즉 냄새는 종족이나 집단의 정체성을 규명하

는 것으로 타 집단과 변별성을 갖고 있다는 것이다. 이를 시인이 알고 있었는지 정확하게 "시간을 타고 비집고 들어오는/ 모든 딱딱하고 날 선 것들을 뭉그러뜨리고/ 죄다 밀어내고 있는 영양이 풍부하고 고집이 센 냄새들"로 표현함으로써 자신의 정체성을 무너뜨리려는 적대적 존재들에 대한 자기 정체성의 확보 의지마저 잘 표현해내고 있는 것이다. 이는 어떻게 보면 냄새로 자신의 정체성을 확보하고자 하는 의식의 견고성 내지 강렬성이라 부를 만하다.

그리하여 시인은 자신이 그리워하고 지향하는 세계에 대한 감정을 후각적 표상을 통해 시집 전체에 가득 펼쳐놓는다. 다음 시편들이 그와 같은 경우다.

'담그다'라는 말은 둥글고 커서 아무나 들어갈 수가 있다 따뜻해서 김이 모락모락 난다 깻잎이 쟁여진 항아리 같은 이 말에는 벌레가 알을 슬지 못하는 짠내가 나기도 한다 슬픔에 절여진, 순번에 밀릴수록 짜게 절여진 삶들이 이 말 테두리에 하얗게 장꽃으로 피어있다

　　— 「담그다」 부분

개펄같이 푹푹 빠져드는 벌교 아낙의 말씨는 꼬막처럼 쫄깃쫄깃하다 널배로 기어 다니며 피었다 지는 아낙들, 갯비린내 물큰물큰 나는 뻘이라는 말의 안쪽에는 빨아 당기는 힘이 있다 질긴 목숨들이 무수히 들러붙어 있다

　　— 「뻘」 부분

'푹'이라는 말의 품은 웅숭깊고도 넓다 둥글어서 뭐든지 부딪히지 않고 놀기에 좋다 묵은지 냄새가 담을 넘어가는 이 말은 詩가 알을

슬기에 딱 좋다 뭐든지 푹 익은 것은 시가 되는 법, 항아리 속에서
멸치젓갈이 푹푹 삭고 있는 마을마다 시가 넘실대던 시절이 있었다
　　ㅡ「푹」 부분

　이 세 편의 시에 나타난 시적 상황은 매우 밝고 활기찬 상태라는
점을 주목할 필요가 있다. 그리고 그것들은 대체로 유년에 경험한
것들에 기초해 있다는 점도 고려할 필요가 있다. 시적 화자는「담그
다」에서는 "깻잎이 쟁여진 항아리 같은 이 말에는 벌레가 알을 슬지
못하는 짠내가 나기도 한다"고 표현하고 있고,「뻘」에서는 "갯비린
내 물큰물큰 나는 뻘"이라는 말로 표현하고 있고,「푹」에서는 "묵은
지 냄새가 담을 넘어가는 이 말"로 표현함으로써 정겹고 그리운 상
황을 냄새로 환기시켜주고 있다. 그리고 이 시에서는 냄새와 즉각
적으로 어울리는 미각이나 촉각적 심상도 병행되어 전개됨으로써
감각의 활발한 깨어남이 인간의 진정한 존재됨이 아닌가 하는 점을
은연중 일깨워주고 있는 셈이다.
　이는 후각적 표상이 생의 여러 체험과 인식을 통합하여 시인의 심
중에 존재한다는 사실을 말해주는 것 같다. 최서림 시인에게 후각
은 경험이나 인식을 자기의 의식 속에서 종합하고 통일케 한다는 점
에서 통각統覺이 되고 있다. 이런 통각은 보다 근원적이고 고차원적
세계에 대한 지향의 바탕이 된다는 점에서 최서림 시에 보이는 아득
한 그리움의 시들은 이 후각적 감각의 전개와 밀접한 관련을 맺고
있다고 볼 수 있는 것이다.

동일성의 고향에 대한 그리움과 시인으로서의 자의식

후각적 감각에 사로잡힌 존재에게 동일성의 대상이 되는 고향은 늘 언제나 근원적 대상이자 궁극적 목표로 존재한다. 이미 앞에서 잠깐 보았듯이 꿀벌에게 아카시아 꽃향기가 근원적 그리움의 대상이 되듯이 동일성의 고향은 시인에게 영원히 꿈꾸는 대상이 되는 것이다. 그런데 시인의 시에서 꿀벌처럼 행동한 경우가 실제 그의 삶에도 존재했음을 알게 되어 기이하다 못해 처연함을 느끼게 되는 것은 무슨 경우일까. 그 시는 이렇다.

깨어진 유리같이 망가진 시절이 있었다
지하에서 하루 종일 교정만 보다가
이러다 죽기엔 너무 억울하다는 생각을 하다가
풍선을 날려 보내듯 사표를 낼까 생각하다가
멀리멀리 도망치듯
카자흐 고원에 휘날리는 눈발 같은
아카시아 꽃을 보러 간 적이 있다

(중략)

봄이 젖몸살을 하면서 짜낸 꽃,
아카시아에게 불려가듯 갔다
　　　　　　—「아카시아 꽃을 보러 갔다」 부분

이 시에서 "지하에서 하루 종일 교정만 보"고 있는 고통스러운 화자가 보러간 아카시아 꽃은 단순히 그 화사함과 모양새 때문만은 아닐 것이다. 시에서 보면 알 수 있듯 "아카시아에게 불려가듯 갔다"라는 언표로 볼 때 본능적 이끌림에 의해 간 것은 틀림없어 보인다. 그 아카시아 꽃은 "봄이 젖몸살을 하면서 짜낸 꽃"이란 말로 두고 볼 때 '젖'과 뗄 수 없는 관계를 맺고 있다. 즉, 젖은 어린 아이에게 근원적 동일성의 고향으로 우선 젖이 가지는 냄새로 환기되고, 그 다음에 맛으로 기억되며, 그리고 나서 포근한 촉감으로 기억되는 것으로 생각해볼 수 있기 때문에, 이 시 구절에서 시적 화자가 아카시아 꽃을 보러 간 것은 후각적 감각에 더 기초해 있다고 볼 수 있는 것이다. 따라서 이 시에서 후각적 감각의 표상은 현실적 고통의 부분을 초월시켜주는 표상으로 기능함을 확인할 수 있다.

이는 최서림 시인의 의식 속에서 후각적 감각이 바탕이 되어 모든 그리움의 대상이 통합되어 등장하게 될 것임을 예상해 볼 수 있는 것이다. 동일성의 고향으로 등장하는 다음 한 편의 참으로 아름다운 시는 이 점을 잘 드러내고 있다.

지금도 감나무 이파리에는
햇살기름 흘러내리고 있겠지

검게 쭈그러진 얼굴마다 그래도
햇살기름 반질반질 빛나고 있겠지

나일론보다 질긴 사투리에 아직은
햇살기름 철철 흘러넘치고 있겠지

한나절이면 갈 수 있는

하지만 가지 않는

그곳에는

이름붙일 수 없는

단단한 그 무엇들,

허공중에 죄다 녹아 사라지고

텅 비어 있는

가도 가도

영영 안으로 들어갈 수가 없는

그곳에는 지금

감나무 이파리에

내 영혼 흔들어 깨우는

그 햇살 오래오래 반짝이겠지

　　　　　　　—「그곳에는」전문

　이 시에서 언급하는 '그곳'은 아마 추측건대 최서림 시인의 고향이 되는 청도가 아닐까 한다. 청도라지만 지금 행정적 지명으로 있는 청도가 아니라, 그의 심상지리에 들어앉아 있는 유년의 고향 청도일 것이다. 그래서 그 마음의 고향 청도는 현재의 상태에서는 "가도 가도/ 영영 안으로 들어갈 수가 없는" 곳이다. 그가 첫 시집에 그의 고향에 있었던 옛 부족국가인 '이서국'을 그리움의 대상으로 표현한 것처럼 얼마간은 갈 수 없는 유토피아적 성격을 이 장소에 담았다고 해야 할 것이다. 그런데 이러한 이상향이 자신의 유년의 경험에 기초해 있다는 것이 이 시의 특징이다. 즉 "지금도 감나무 이파리에는/ 햇살기름 흘러내리고 있겠지"에서 볼 수 있는 기억의 환기 속에 그의 근원적 그리움의 대상이 존재하는 것이다. 그리고 이 그리움의 환기는 '햇살기름'이 환기하는 후각, 미각, 시각의 종합적 감각의 풍요로움에 그 바탕이 놓여있다. 즉 참기름 냄새에 기반한 후각에 의해 여러 감각의 특성들이 통합됨으로써 이러한 인식의 내용들이 근원적 그리움의 세계를 건설해내고 있는 것이다.

이러한 '그곳'에 대한 그리움은 따뜻한 '남쪽'으로 상징화된「삼천포에 가면」의 시에서도 마찬가지다. 이 시에서 "햇살처럼 투명한/ 해풍처럼 부드러운/ 한 번도 만나보지 못한/ 산다화 같은 내 사랑// 삼천포, 삼천포, 삼천포// 아침 햇살이/ 집집마다 균등하게/ 부족함이 없이 내리고 있을"의 구절 역시 바닷가 삼천포가 가지는 특성으로서 갯내가 나는 '해풍'을 중심으로 여러 감각이 통합되고 있다. 특히 햇살의 따뜻함과 균등함이 근원적 그리움의 장소의 특성을 더욱 부각시키는데, 이러한 햇살의 따뜻함과 평등한 시혜도 모든 해풍에 통합되어 이루어지기 때문에 아름답게 여겨지는 것이라 할 수 있는 것이다. 그리고 무엇보다 이 시에서 '해풍'은 바다가 주는 비릿한 냄새를 함축하고 있다. 바다가 주는 비릿한 냄새는 바로 생명의 탄생과 죽음을 알리는 것으로 가장 근원적 기억과 본능을 일깨워준다. 그래서 시인은 이 비릿한 냄새에 이끌리고 실제 "비릿하게 흘러가는 말들"(「비릿한 말」)을 하게 되는 것이다.

그런데 이 시들의 정작 감동을 주는 부분은 '그곳'이 갖는 아름다움보다 그곳이 아름답고 평화로운 곳임을 앎에도 불구하고 '갈 수 없는', 혹은 '할 수 없는' 시적 화자의 유한적 불가피성에서 발생한다. 여기에서 이 시들은 아름다우면서도 애잔한 서글픔의 여운을 남긴다. 이 여운의 백미를 보여주는 시가 다음 작품이 아닐까.

바닷물이 숭어 떼처럼 파닥파닥 밀려올라오다 허리쯤에서 기진해 멈춘다 날숨과 들숨으로 강물과 혼몽히 몸을 섞는다 썰물을 내려보내는 갯벌이 그리움으로 구멍이 숭숭 뚫려있는 곳, 그녀와 나 사이 매일 보이지 않는 선이 그어진다 내 그리움도 그곳까지, 그 선까지만 밀물져 가다가 헤매다 돌아오고 만다 그녀가 사는 곳이 곧 물금이다 대추나무 잎에 반짝이는 햇살처럼 영혼에 일렁이는 물결무늬처럼 떠있는, 어느새 손가락 사이로 빠져나가버리는 물금, 물금 한복판에서 찾아 헤매이게 되는 물금, 농익은 감이 제 무게를 이기지 못해 철퍼덕 맨땅에 떨어져 산산이 흩어지는 곳, 초로의 적막이 물푸레나무 회초리로 자신의 종아리를 후려치는 그곳이 물금이다
　　―「물금」 전문

‘물금’은 실제 낙동강에 위치한 지역명이다. 그러나 이 시를 보면 물금은 가상의 공간임을 알게 된다. 그곳은 그리운 대상이라 할 수 있는 ‘그녀’가 존재하는 곳이다. 그녀에게 가 닿고 싶지만, 마치 앞에서 본 배밀이처럼 배로 몸부림쳐 ‘밀물져 가고’ 싶지만, 그녀가 그어놓은 그 선까지만 갔다가 다시 돌아오고야 마는 금지된 곳이다. 이 시는 끝내 이룰 수 없는 사랑이나 끝내 가닿지 못하는 그리운 곳을 애잔한 심정으로 바라볼 수밖에 없는 마음의 처지를 보이고 있다. 결코 포기할 수도 없고, 그렇다고 가닿을 수도 없음으로 인해 나날은 고통과 상심으로 깊어만 간다. 이것이 최서림 시인이 인식하는 인간 존재의 본질적 모습인 셈이다. 존재함으로써 고뇌하는 인

간의 미학적 진실인 것이다.

이런 애틋함과 처연함을 시인 자신의 본바탕으로 깔고 있음으로
인해 시인은 자신의 슬픔과 상심에만 주목하지 않는다. 지상의 모
든 생명 있는 것들의 슬픔에 대해서도 눈길을 두는 것이다. 최서림
시인이 보다 고고한 존재로 다시 설 수 있게 되는 자리는 바로 이 지
점이다. 그는 시인으로서의 존재에 대한 자기 숙명적 자의식을 가
졌다. 그리하여 그는 존재의 무상함과 비통함에 대해 피로 울고 있
지만 그것에서 그치지 않고 이 지상의 모든 생명 있는 것들의 서러
움을 대신해 울어줄 곡비哭婢가 되고자 한다. 다음 시가 바로 그것을
보여준다.

여태 날 위해 심히
부지런히 부끄럽게 울어왔으니
이젠 남을 위해
울어줘도 되리라

슬퍼도 울 힘이 없고
울래야 울 수도 없는 이들을 위해
대신 울어줄 수 있으리라

내 안에 갇힌 울음이 날개를 달아
내 안의 벽을 허물고
해가 되고, 달이 되고, 별이 되어
궁창穹蒼 높은 곳에 박히리라.

— 「곡비哭婢 1」 부분

깨달음은 문득 와야 한다. 그러나 그 문득 오는 깨달음은 전혀 준비가 되지 않은 상태에서 오는 것은 아니다. 부단히 자신의 삶과 존재성에 대해 궁구하고 성찰하는 자에게 대도大道는 펼쳐지게 되는 것이다. "여태 날 위해 심히/ 부지런히 부끄럽게 울어왔으니/ 이젠 남을 위해/ 울어줘도 되리라// 슬퍼도 울 힘이 없고/ 울래야 울 수도 없는 이들을 위해/ 대신 울어줄 수 있으리라"의 표현은 오랜 마음의 고통을 정련하고 승화한 끝에 얻어진 대덕大德의 경지라 할 만하다. 이는 죽음을 초월한 것이 아니라 죽음의 본질을 더 깊이 껴안아 들어간 형국이다. 그리하여 "내 안의 벽을 허물고/ 해가 되고, 달이 되고, 별이 되어/ 궁창穹蒼 높은 곳에 박히리라"는 서원誓願은 도저한 인간 정신의 추구라 볼 수 있을 것이다.

그의 이러한 정신적 자세는 그의 다른 시에서 "내 마음 새털구름에다 걸어놓고/ 비도 눈도 내리지 않는 궁창에다 걸어놓고/ 얼음덩이 같이 올차게/ 궁창 같이 둥글게 외롭게"(「새털구름에 걸다」)로 나타난다고 볼 수 있다. 세속적 욕망에서 초연해지고, 고고한 정신적 염결성으로 무장한 지고성, 아니 신성성. 이 시에 이르러 최서림의 정신적 경지는 같은 인간으로 쉬이 재어질 수 있는 성질의 것은 아니다. 그 경지에 이르기 위해 그가 얼마나 고뇌하면서 피로 자신의 나날을 기록하며 이를 목에 가시가 걸린 형태로 삼켜야 했던가를 다만 기억하자. 그의 시는 피로 쓴 영혼의 비망록備忘錄이라 부를 만한 것이다.

사실 시인이란 존재는 그의 시에서 밝히고 있듯이 "이 세상 살아가기엔 너무 투명해서 슬픈//조그만 상처에도 흠이 가서 아픈"(「서대西大」) '서대' 같은 존재일지 모른다. 그러나 그런 존재이기에 슬픔과 상처의 의미를 진정으로, 그리고 본질로 겪고 그것에 대한 초월의 필요성을 알 수 있게 한다. 최서림 시인의 의식 속에 이와 같은 파란만장의 심리적 궤적을 남기면서 동일성의 고향으로 가고자 하는 염원이 이를 잘 대변한 것이라 할 수 있다. 그의 마음의 행로와 결절들은 바로 이러한 인간의 숙명적 원형을 보여준 셈이다. 인간이기 때문에 갈 수 없는 숙명적 한계에 대해 아파하고 그러면서 위로하며, 이 생의 진실이 어디에 있는가를 부단히 찾는 것이 진정한 존재의 할 일이 아닌가 하는 것이다. 최서림의 시는 궁극이 아니라 궁극에 가기 위해 애쓰는 '지금 여기'의 초라하지만 의연한 인간의 한 표상을 보여주는 데 있다. 그리고 거기에서 진정 시가 가져야 할 위의威儀가 발생하는 것이 아닌가 하는 점을 생각해 보게 한다.

그런 관점에서 그의 삶과 시작詩作은 앞으로도 여전히 꺽, 꺽 가시 걸린 목소리로 울고 있거나 지하 바라크 한 편에 떨고 있을 것을 추정해 볼 수 있다. 독자인 우리도 마찬가지로 이 무상한 날들을 그렇게 보내야 할지 모른다. 생각하면 생각할수록 아, 애닯다. 차마 이 무료하여 끔찍한 날들의 슬픔을 어찌 다 말로 할 수 있을까. 앉았다 일어났다, 그리고 건너편 산을 쳐다봤다가 다시 책상에 주저앉아도 주위의 일상은 여전히 그대로다. 무엇이 우리를 살게 하는 힘이 되는가. 그것을 제대로 알 수 없지만 최서림의 시가 마음 한 편에 불어준 따뜻한 울림 하나에 그나마 위안을 받는 것을 다행으로 여기며 살아갈 뿐이다. 시와 시인의 운명에 대해 생각케 하고 존재의 운명에 대해 생각케 한 시인의 시에 경의를 표하며 건필을 빌어본다.

최서림

최서림(본명 최승호)은 1956년 경북 청도에서 태어났다. 서울대학교 국문학과와 동대학원 박사과정을 졸업했으며, 1993년 『현대시』를 통해서 등단했다. 시집으로 『이서국으로 들어가다』, 『유토피아 없이 사는 법』, 『세상의 가시를 더듬다』와 『구멍』, 『버들치』 등이 있고 제1회 클릭학술문화상과 제12회 애지문학상을 수상했다. 학술저서로는 『한국 현대시와 동양적 생명사상』, 『한국적 서정의 본질 탐구』, 『서정시와 미메시스』 등이 있으며, 현재 서울과학기술대학교 문예창작학과 교수로 있다.

시인에게 있어서 유토피아는 원초적 고향이자 영원히 되돌아갈 수 없는 세계이다. 이 세상에 존재하지 않지만 관념으로서는 실재하는 공간이다. 최서림은 무의식 속에 내장되어 있는 선험적인 지도를 따라 자신의 근원을 찾아가는 시인이다. 그는 후각이라는 민감한 레이더에 의지하여 그 지도를 해독하는 시인이다. 옛 부족국가인 이서국(경북 청도), 해풍에 비릿한 냄새를 함축하고 있는 삼천포, 끝끝내 이룰 수 없는 사랑처럼 가둘 수 없는 물금 등이 바로 그것을 말해준다. 최서림 시인의 『물금』은 '피로 쓴 영혼의 비망록'이며, 그 애틋함과 처연함이 그리움으로 승화된 아름다운 서정시집이라 하지 않을 수 없다.

이메일 : seurim@hanmail.net

최서림 시집

물금

발   행   2015년 4월 10일
지은이   최서림
펴낸이   반송림
편집 · 디자인 김지호
펴낸곳   도서출판 지혜
         계간시전문지 애지
기획위원 반경환 이형권 황정산
주   소   300-812 대전광역시 동구 선화로 203-1 2층 도서출판 지혜 (삼성동)
전   화   042-625-1140
팩   스   042-627-1140
전자우편 ejisarang@hanmail.net
애지카페 cafe.daum.net/ejiliterature

ISBN : 979-11-5728-027-8 03810
값 10,000원